ヤクザ屋さんと看護師の私

MIYANAKA Sakura
宮中 さくら

文芸社

目次

第一章　幻のプロポーズ

みなさんはどんなプロポーズを受けたことがありますか？　また、どんなプロポーズを夢見ますか？　きっと、生涯における一番の幸せの瞬間ですよね。ところが私にとって人生最初のプロポーズはと言えば、今振り返れば、まさに、青天の霹靂でした。これからお話しするのは、本当にあった出来事です。二十五年間、誰にも話したことはありませんでした。ただ、私の中で封印していた記憶をたどってみたいと思い、桜舞い散る季節に振り返ることにしました。昔が懐かしく、そして私にとって、決して嫌な思い出ではなかったのです。思い出すたび、切なくもなります。

当時私は、大阪の某所の開業医の下で看護師として勤務していました。古くから地域の人達に愛される医院でした。患者様は地域の人達が主流でしたが、中小企業の工場が多かったこともあり、仕事中に機械にはさまって指を切断したり、外傷で運ばれる患者様も少なくありませんでした。しかし、同じ指の切断でも、仕事中ではなく、けじめをつけるために切断し、その指をくっつけて欲しいと、指を持ってこられる方々も珍しくありませんでした。その方々にとっては、仕事中の出来事ですね。いわゆるご職業が、ヤクザ屋さんです。なぜか、丁寧な言い回しになる私ですが……。そのような時、院長先生から「ひっつけてくれと言って持ってくるなら、はじめから切断するようなことはするな」と叱られていました。院長先生はすごい、と妙に感心した私でした。そんな時彼らは、頭を掻きながら、「今度からはヘマはしません」と肩をすぼめていました。まるで学校で、先生に叱られている子供のようでした。ヘマをするとかしないとかではなくて、人間は必ずミスをする生き物だから、ミスをしても、謝罪して許してもらえる職業を選べばよかったのにと、私は先生の介助をしながら、心の中でつぶやいていました。彼らの現状を職業と言ってよいものか疑問はありましたが、みなさんはどう思われますか。

ある日、一人の患者様が来院されました。このお話の主人公です。S男さんと呼ぶことにします。年齢は、はっきりとは覚えていませんが、四十代半ばだったと思います。院長先生がS男さんの話——ここでの話とは、体調の具合を聞く問診です——を聞き、聴診器で心音を聞くためにシャツを脱ぐようにS男さんに声をかけると、彼は手際よくシャツを脱ぎました。

その時です。

一瞬診察室が、シーンと静まりました。時間が止まったようにも感じました。そこには、般若の顔が背中一面にあり、般若の顔の周りには桜吹雪が舞っていました。それは刺青でした。声が出なかった、という表現が、正しかったかもしれません。見事と表現してよいものかわかりませんが、綺麗だと感動しました。みなさんにも、お見せしたかったです。見せ物ではありませんよね。失礼しました。

先生の診察が終わると、体調の悪い患者様は一般的に血液検査をします。S男さんにも血液検査の指示があり、幸運にも（この場面では、そう思うことにします）私が採血することになりました。そうです。S男さんに針を刺すのです。大袈裟だとみなさんは思われるかもしれませんが、注射の針を、ヤクザ屋さんに刺すのです。私しかいないのか？　と静まり返った診察室を見回しました。つい先ほどまで一緒にいた看護師のA子さんがいません。後で「あの時はごめんなさいね。急にトイレに行きたくなって」と謝りに来ました。なぜ謝ってくれたのでしょうね。みなさんはどう思われますか？

あきらかに、あの場面から逃げたのだと思いましたが、人間関係が悪くなってもよくないと大人の判断をすることにした私は、「大丈夫、気にしていないから」と、嘘を、嘘をつきました。本当は、心の中で恨んでいたのよ、A子さん。でも、普段面倒見の良い先輩なので、あっさりと許すことにしました。

話はもどりますが、私は手の震えを必死で抑えて採血の準備をして、S男さんの前に立ちました。「看護婦さん（当時はそう呼ばれていました）、痛くないようにしてね」と言われ、作り笑いで応えました。引きつっていたという表現の方が正しいです。意を決してとは、まさにこんな場面です。それ以外の言葉はありません。腕を、血管を浮かせるゴム（駆血帯）でしばりました。その瞬間、「痛い！」とS男さんの大きな声が、診察室内に響きわたりました。とっさに私は、殺されると思い目をつぶりました。特に強くしばったわけではありません。恐ろしくて、できるはずもありません。次の瞬間、S男さんが笑って「冗談ですよ」と言いました。この時私は生まれて初めて、ヤクザ屋さんに闘志を燃やしました。でも、何もできないので、精一杯の作り笑いで、「よかったです」と返しました。冗談はやめて、とも思いました。気を取り直して駆血帯でしばった腕をさすり、どうぞ血管様出て下さいと、心の中で唱えました。丁寧に言うと血管が出るかもと思った私です。情けない話です。そして、決してそのようなことを考えてはいけないのですが、看護師なのに、多分ここが血管だと思い針を刺しました。赤い血が注射器の中に返ってきました。当たり前です。血液は赤いのです。桜吹雪が返ってくるはずがありません。

よかった。思わず全身の力が抜けました。こうして、命からがら、無事に採血を終えました（大変失礼な言い方ですみません、S男さん）。「ありがとう、看護婦さん、また来るでな」と言ってS男さんは、帰っていきました。後ろ姿を見送りながら、般若を背負ったS男さんに、手を振っている私でした。普段はこのように見送ったことはありませんでした。

診察後、院長先生から、「S男さんが、優しい看護婦さんだったと褒めていたよ」と言われ、嬉しいような、なんだか複雑な気持ちでした。ただ、本当は怖かったですとは、言えませんでした。

そして、数日後S男さんが、診察に来られました。検査結果を聞くためです。検査の結果、S男さんは肝機能の数値が上昇していました。先生から、薬の処方と、食事療法の指示があり、私が担当することになりました。A子先輩の方が、指導は得意なはずでしたが、他に仕事があるとのことでした。またもや、逃げられたと、私は思いました。先日、大学生のイケメンの男性の患者様が来られた時、A子先輩は、すすんで指導にあたっていました。でも私は、心優しい白衣の天使です。S男さんにしっかり指導してあげたいと、かっこよく心の中で思うことにして、アルコールと煙草は控えて規則正しい生活を送るように、指導しました。決してやめて下さいとは、言えませんでした。S男さんは、黙って話を聞いてくれました。私の話を理解してくれていたかは、確認する余裕が私にはなかったので、看護師としては、不十分な指導ではなかったのかと、後で反省しました。本当に、またもや、情けないことです。でも、私も乙女ではありませんが、女なので、許して下さい。あの時は怖かったです。

とにかく、二人だけの時間が、早く終わってくれることを願っていた私は、看護師失格と言われても仕方ありません。指導が終わり、S男さんに、「お疲れさまでした」と、声をかけた次の瞬間、S男さんから思いもよらない言葉が、返ってきました。「看護婦さん、今度一緒に、食事に行ってくれませんか」と。また、時間が、止まりました。私は、夢を見ているのかと思いました。いえいえ、現実でした。たしかに。

何が起こっているのかよく把握できない私でしたが、とっさにこう答えていました。

「私で、いいんですか」と。なぜ、そんな答えをしたのか、全くわかりません。今でも。

ヤクザ屋さんから食事に誘われたら、みなさんなら、どう答えますか？　冷静に考えると、仕事が忙しいからとか、付き合っている人がいますからと答えればよかったのかもしれませんね。ただ、私には双方とも、現実にはなかったので、断る言葉がありませんでした。私は正直でした。私が同意したと思ったS男さんから、日時と待ち合わせの場所を書いたメモを渡されました。この場面は、誰にも気づかれませんでした。もし、誰かが気づいていたなら、もし、A子先輩が気づいていたら、今回のお話は、なかったですね。

当時は携帯電話も普及していなかったので、連絡方法は、メモです。なぜか、私の中には断るという言葉は、思い浮かびませんでした。これも患者様との一日限りのお付き合いと思い、優しい看護師さんを演じたかった私でした。とにかく、深くは、考えてはいませんでした。後のことは、全く考えていませんでした。

みなさんの中には、ヤクザ屋さんと食事ではなく、どこかに、連れ去られ、売り飛ばされるのではないかと考える人もいますよね。私は、決して美人ではありませんが、愛嬌がある顔だから、いつも、笑っていなさいと、よく両親に言われていました。親心ですね。私のS男さんに向けた作り笑いが、S男さんの心に響いたのかと、錯覚しました。とにかく今、天国にいる両親は、驚いていることでしょう。

そして、数日が過ぎていきました。S男さんとの食事の日を指折り数えていました。

みなさん、誤解しないで下さい。決して、楽しみにしていたわけでは、ありません。もし、私が、S男さんと食事に行き、帰って来なければ、院長先生、医院の人達、両親は、さぞ、心配するでしょう。しかし、まさか、ヤクザ屋さんと食事に行ったとは、誰一人思わないですね。

せめて、先輩のA子さんだけにでも、伝えていくべきか、考えましたが、A子さんは、決して悪い人ではないのですが、少々口が軽いところがあり、過去に、私もとばっちりを被った経験を思い出して、その考えを打ち消しました。誰にも伝えずに行こうと決心した私です。一大決心をして、S男さんを信じることにしました。今思えば、冒頭で、今回のお話が、私にとって嫌な思い出ではなかったと書きましたが、結果的に、S男さんを信じた私が、今もこうして普通に存在しているからでしょうね。

みなさんも好きな人とデートの時は、心ときめき、どんな服を着ていこうかと、夜も眠れない日々を送ることでしょう。しかし、私は、できる限り地味な服装にしよう、そして前日の夜は、いざという時のために、しっかりと睡眠をとるようにしようと思い、過ごしました。そのいざという時とは、S男さんとのデート？（この場では、そう呼んでおきます）で何かあった時、とにかく、逃げるためです。この話を聞いて理解に苦しむ方がいたとしても当然です。ここまでして、デートする必要があるのでしょうか？今思えば、院長先生に話をして、お断りしてもらえば、何も考える必要がなかったのではと、二十五年過ぎた今は思います。今は笑って話せます。あの頃は、まだ私も恋愛経験がなかったのです。お恥ずかしいです。こうして、S男さんとデートの日が、やってきました。

待ち合わせ場所はごく普通の人達が、飲食する居酒屋でした。おしゃれなレストランでは、ありませんでした。私は、少なからず期待していたかもしれません。なぜ期待していたのでしょう。S男さんは、ラフな服装でしたが、金のネックレスとブレスレットは、とても輝いていました。目を見はる黄金でした。高いんだろうなあと、綺麗な刺青を目にしたのに続いて、二回目の感動でした。私はというと、トレーナーとジーンズでした。もちろん、アクセサリーもつけていませんでした。持っていないということもありましたが。せめて、ブラウスくらいは着て行けばよかったですね。ごめんなさいS男さん。こうして、二人で食事を始めました。

S男さんは、お酒は注文せずに、ウーロン茶でした。私の指導を守っていたのか、それとも、真面目な話をするために、禁酒していたのか、わかりませんが。

私は、ビールを注文しました。異様に喉が渇いていたので、ビールにするか、コーラにするか考えました。とにかく、炭酸が飲みたかったのです。S男さんがどんな話をするのかと考えて、とても、緊張していました。

S男さんは、熊本県出身で、今は兄弟分の家に滞在していること、左手の小指を切断した理由、熊本で事務所を持っていることなどを話してくれました。しかし、な

ぜ、熊本から、今出てきているのか、事務所とは、どんな事務所なのか、S男さんに聞いたような気もしますが、覚えていません。私は緊張のあまり、S男さんの言葉が右耳から左耳へと、消えていました。S男さんに心を奪われていたわけでもありません。ただ、きっと兄弟分とは、盃をかわした間柄なのだろうと、以前、テレビや映画で見たことがあったので、私なりに解釈して、そう思いました。

しばらくして、気がついたのですが、私達二人の両脇には、お客さんがいなくて、異様な距離感がありました。私達は、避けられていたんだと、気づきました。なぜなら、料理を運んできた店員さんは、料理をテーブルの上に並べると逃げるように去っていったのです。御用の際は呼んで下さいという言葉もありませんでした。きっと、店員さんは、御用がないことを祈っていたことでしょうね。そして十分程度、身の上話をしていたS男さんが、突然、背筋をのばし、両手九本の指を両膝にそろえて、「ねえさん、俺と一緒に熊本に来て、若い者の世話をしてやって欲しいです」と、頭を下げ、懇願されました。なんという光景でしょう。私は、またまた、時間が止まりました。何を頼まれているのか頭の整理がつかず、言葉もありませんでした。

ねえさんと言われても、私は、S男さんより随分年下なんですけれど、と思いました。

それからどれくらい、時間が過ぎたのでしょう。S男さんは、話を続けました。「ねえさんを絶対に不幸にしない、いい生活をさせるので、一緒に熊本に来て欲しい」と。いやいや、ヤクザ屋さんに、不幸にしない、いい生活と言われて、みなさんは、素直に喜ぶことができますか？　いい生活と言われても、間違っても、セレブな生活とは、思いませんよね。S男さんと一緒になるということは、私は、極道の妻になるということでしょうか。その時に初めて、S男さんが、独身だと知りました。決して、愛人ではなくねえさんになって欲しいと。一般の人は、結婚して下さいと言うのではないでしょうか、S男さんの世界では、これが、プロポーズなのでしょうか。

でも、ねえさんはないよねと、心の中でつぶやきました。かと言って、結婚して下さいと告白されても困りますよね。当時、映画では、『極道の妻《おんな》たち』が、流行しており、岩下志麻さん、かたせ梨乃さんが、極道の妻を演じており、カッコイイとあこがれを持ちましたが、なんせ、私は全くのド素人です。あのように素晴らしい着物も持っていません。もしかして、私も刺青をしないといけないのか、もし極道の妻になったら……と頭に浮かんできて考えた私でした。正直なところ、あこがれもありました。

S男さんから一時間ほど話を聞きましたが、即答できませんでした。いやいや、大抵の人は即答しますよね。無理ですと。私が、即答できなかった理由として、もし、この場で私が、ついて行くことはできませんと断った時点で、S男さんが、若い手下を呼び、私は連れ去られ、大阪湾に沈められるか、それとも生駒山の山中に埋められるかもしれない、と思ったからでした。しかし、その心配は、すぐに解消されました。S男さんはいつからか、看護婦さんから、ねえさんに私の呼び方が変わっていました。「返事は、すぐにしなくて大丈夫、まだ、熊本には帰らないから」と言われ、一週間後に、返事をすることになりました。この件は、まだ続くのかと思いましたが、とにかく、早く、帰りたかった私でした。その後は、焼き鳥を二本食べただけで、帰りました。まあ、喉を食べ物が通るはずもありませんが。

それからの一週間は、長いといったら、ありませんでした。一年、いえ、もっと年月を感じたことは、忘れられません。毎日、S男さんの言葉を思い出しては、ため息をついていました。もし、S男さんに、はい、熊本について行きますと答えたら、本当に私は、極道の妻になってしまうのかと。しかし、なぜ、私はこんなに悩んでいたのかとみなさん思われますよね。S男さんのことが、好きだったのかと聞かれると、なぜか嫌いでは、なかったのです。顔はイケメンではないし、まして、職業は、ヤクザ屋さんだし。

でも、笑顔が、良かったのです。笑顔に弱い私です。ヤクザ屋さんでも笑うんだと変に感心したのです。S男さんも人間なのだから、感情があって当然です。

私は自称、心優しい看護師です。私の中では、ヤクザ屋さんは、恐ろしいイメージしかなかったので、周りの人達を悲しい顔にさせることが、嫌でした。熊本に行きますと言えば、両親、院長先生をはじめ、医院の人達は、どう思うか、決して、祝福という言葉は、浮かんできませんでした。実直な公務員の父親は、泣いて止めるだろう。病弱な母親は、寝込んでしまうだろう。もしかすれば、その話を聞いた途端に、天国へ旅だってしまうかもしれない。院長先生は、ヤクザ屋さんといざこざになりたくないので、すぐに、私を解雇するかもしれない。決して、明るい未来は、浮かんできませんでした。いくら、『極道の妻《おんな》たち』にあこがれても、それは、映画の中の世界です。考えた末、私は、S男さんからの、プロポーズは、お断りすることにしました。そして、S男さんとの約束の前日に、とりあえず、実家に電話して、両親の声を聞き、医院の人達には、これまで以上に笑顔で接することにしました。なんだか、最後の挨拶みたいですよね。A子さんからは、気持ち悪い笑顔だとも言われましたが、なぜか、礼儀をつくしておきたい私でした。何のための礼儀かよくわかりませんが。そして今度は、お断りの返事をしたら本当に大阪湾に沈められるか、生駒山の山中に埋められるかもしれないと、また考えたのでした。誰にもS男さんとの出来事は、知らせていないので、万が一、新聞やテレビで事件になっていたら、みなさん、許して下さい、親不孝な娘を許して下さいと、心の中で、もう一人の私がつぶやいていました。

約束の日が、やってきました。またもや、意を決して、S男さんに会いにあの居酒屋に行きました。その日は、S男さんは、縞模様のスーツを着ていました。そして、靴は、真っ白でした。おせじにも、サラリーマンには、見えませんでした。でも、カッコ良かったですね。

私は、今回は礼儀をつくして、お断りするので、ブラウスは着ていました。もし、S男さんから、薔薇の花束でも渡されたらどうしようと、とてつもない思いを抱いていた私でした。しかし、薔薇の花束は、ありませんでした。足元にもありませんでした。

お店の店員さんの冷ややかな視線を感じながら席に着きました。なぜか、個室でした。まじか。いよいよ、二人きりではないですか。緊張のあまり、顔が引きつっていく私でした。そして、私から、話を切り出しました。S男さんに、プロポーズのお断りの返事をしました。ついに、言いました。理由は、正直なところ、深く考えていませんでした。

とりあえず、まだ看護師として、医院が私を必要としてくれているので、その厚意に応えたいということを、S男さんに伝えました。院長先生、ごめんなさい、お断りの理由にしてしまった私をお許し下さい。S男さんは、黙って、話を聞いてくれました。そして、「やっぱり、ねえさんどうしても、ダメですか、どうしても」と聞かれ、私は、「どうしても無理です」と断言しました。ここでようやく、勇気が湧いていました。足は震えていました。S男さんがキレたら、どうしようと思いましたが、もう後には、引けません。ただ、他の人を探して下さいとも言えず、A子先輩を勧めようかと、ちらりと考えましたが、これも、後のことを考えると、恐ろしくてできませんでした。S男さんからの言葉を待っていた私は、砂漠に迷い込み、水を求め、飢えている動物でした。ただ、喉がからからでした。ここで、ビールを注文することもできず、店員さんに、助けを求めたいと探しましたが、なぜか、背中しか見えませんでした。またもや、ここでも、逃げられたと思いました。そして、S男さんから、「やっぱり、ねえさんは、芯があって、自分が、惚れた人でした」と言われました。えーっS男さん、私のことが、好きだったの。そうですよね、食事に誘った時点で気づくはずですよね。それから、S男さんは、しつこくもなく、こう言いました。「もし、考えが変わったり、何か困ったことがあった時には、連絡して下さい」と、メモを渡されました。メモには住所と電話番号と名前が書いてありました。困った時とは、どんな時だと思いましたが、ありがたく頂くことにしました。

まもなくして、私は、医院を辞めて引っ越しました。その時に、メモは、紛失してしまいました。S男さんとのご縁は、ここまでだったのでしょう。まだ医院が私を必要としてくれていると、S男さんには話したのに、待遇が良い病院へ何の迷いもなく、転職した私でした。嘘をついて、ごめんなさい。指をつめることもできない私を許して下さい。以後、決して、誰にも話すことは、ありませんでした。そして私は封印したのでした。

それから二十五年の月日が経ち、私は、ごく普通の主婦になりました。しかし、桜が舞うこの季節になると、S男さんの背中を思い出します。本当に綺麗な桜吹雪だったなあと。正直、S男さんからプロポーズされたあの時、ほんの少しだけ、極道の妻を夢見たのでした。ただ一つ心残りは、S男さんに、どうして私で良かったのか、知り合ってから、ほんの一か月あまりだったのにプロポーズしてくれた理由を聞かなかったことです。S男さんの一目ぼれという結論にして、終わりにしました。都合の良い話です。

ところで、S男さんに、最後に会ったのは、プロポーズを断った翌日でした。「今から、神戸のえらい人に会いに行く。世話になったな、看護婦さん」と言い、笑顔で帰って行きました。えらい人とは誰だろうと思い、院長先生に尋ねると、知事か市長さんではないか？　と言われ、いくら私でもそんなはずはないと思いましたが……。誰だったのでしょうか？

数日後、神戸で、ヤクザ屋さんの大きな闘争があり、社会を震撼させました。もしかして、S男さんも関わっていたのかと心配しましたが、詳細は、わかりませんでした。

その後、A子さんと電話で話す機会があり、S男さんの話題になりました。神戸の闘争にS男さんも、参加したのではないかと。運動会の参加ではないんですよね。A子さんが、S男さんは、独身で良かったよね、万が一とんでもないことになったら、奥さんがいたら、最悪だねと。もしかしたら、その奥さんに私がなっていたかもしれないと思いながら、A子さんの話を聞いていました。S男さんにプロポーズされたことをA子さんに話そうかとも思いましたが、いやいや、私とS男さんだけの秘密にしようと思いました。

今頃、S男さんは、命を落としているかもしれないし、どこかへお務め（刑を執行する所に）で、入所しているかもしれません。ただ、私が思うことは、どこかで、S男さんも、桜を見ていてくれたらいいのにと、本当に切ない気持ちになります。もし、もし、S男さんが、ヤクザ屋さんではなく、ごく普通の会社員だったら、私は、ついて行ったのでしょうか。そして、熊本城の満開の桜を一緒に見て笑っていたかもしれませんね。遠い記憶、思い出です。

第二章　一期一会の人々

今年も切なくもあり懐かしい桜舞い散る季節がやってきました。なぜだか、この季節に忘れられない思い出が、できてしまう私でした。

私は、大阪の某所の大きな川のほとりを歩いて、ある場所に向かっていました。しかし、ユニバーサルスタジオに行くわけではありません。川の両岸には、とても綺麗な桜が満開、いえ、もう散り始めていました。その桜に誘われるか導かれるかのように歩いていました。ある場所とは、罪を犯し償う人達が宿泊、いえ収容されている所です。場所はみなさんのご想像にお任せしたいと思います。私も人生において、まさかこの場所に行くことになるとは夢にも思いませんでした。夢でも見たくはありませんが。今からお話しすることは、恐怖であり、しかし、もの悲しい出来事でもあります。

第一章でも書かせて頂きましたが、私の職業は看護師です。大阪から引っ越した所は兵庫県の某所でした。これがまた環境が決して良いとは、言い難い街でした。工場が多く、とにかく空気も悪く公害の街でもあり、現在では、少なくなったとは思いますが、ホームレスの街とも呼ばれ、人々から敬遠されていた所でした。

でも、共存する街と呼ぶ人がいたことも事実です。なぜ、私がこの街に引っ越してきたかというと……帰ってきたという言葉の方がよいかもしれません。この街は私の卒業した看護学校があり、高校を卒業して初めて親元を離れて暮らした懐かしい街でした。友人もたくさんできました。寮生活でしたが、窓を開けると工場の煙突からモクモクと煙が出ており、近くには川とは名ばかりの、泥で濁った大きく長い水たまりがありました。しかしこの街が私の人生において生涯忘れることができない街になりました。

もう、二十三年前の出来事になります。私が、このお話の主人公M男さんと出会った場所でもあります。M男さんのご職業は、私とどういうわけなのかご縁があるヤクザ屋さんでした。親元を離れ、一人暮らしを謳歌していた私でしたが、まだ彼氏もできず、心に寂しいすきま風が容赦なく吹き付けるようになりました。そこで考えました。人が無理なら動物と暮らすことです。しかし、動物を飼ったことがない私でしたから、犬にするか猫にするか、亀も候補に入れて考える毎日でした。ちなみに第一章に登場したA

子さんが亀を飼っていました。どうでもよいことですが。亀は候補からはずしました。

そんなある日、いつものように、仕事帰りに通る商店街に一軒の八百屋さんがありました。その日は、なぜか視線を感じて八百屋さんに目をやると、一匹の子犬が椅子の上に座っていました。真っ白なチワワでした。当時、チワワはテレビのコマーシャルに出ていて流行していたので私は釘づけになり、可愛いな、八百屋さんで飼われているんだなあと思いました。夕飯の材料にとキャベツを購入した時、お店の奥さんに「この犬はここで飼われてい

るのですか」と尋ねると、奥さんは微笑みながら「親犬が、三匹子犬を産んで、他の二匹は飼い主も決まりもらわれていったけれど、この犬だけが残ってしまった」と言いました。

とっさに、私が飼い主になりますと手を挙げました。チワワは海《カイ》ちゃんと名づけました。それからは、海ちゃんを迎える準備に追われ、目まぐるしい毎日でした。一週間後に海ちゃんが我が家にやってきました。オスだったので、私としては、初めて自宅に招き入れた男性でした。大袈裟ですみません。職場の人からは、独身の女性が動物と暮らすようになったらいよいよ彼氏とは縁遠くなるよねと、冷たい言葉を言われましたが、気にすることもなく、海ちゃんと朝、夕の散歩に出かける日々でした。いろいろな所に出かけました。これからいよいよM男さんとの出会いが始まります。

当時私は賃貸のアパートに住んでいましたが、不動産屋さんからは、動物の散歩と車の駐車の時はくれぐれも注意するように念を押されました。その時は聞き流していましたが、今思えばすでにこの時からM男さんとの出会いが始まっていたのです。いつものように夕刻に海ちゃんを散歩に連れていた時のことです。その日に限って、いつもの散歩のコースではない道を選んでいた私でした。その時です。海ちゃんが片足を上げて……そうです、オシッコです。やばいと思いましたが間に合わず、海ちゃんは大きな植木鉢をめがけていきおいよくオシッコを飛ばしていました。私は動くこともできずに立ちすくんでいたところ、建物の中から全身黒ずくめで、サングラスをかけたお兄様が出てきました。B男さんです。誰だろうこの人は、と背筋が凍りつきました。

B男さんは私に向かってこう言いました。「ねえちゃん、ここはどこかわかってるよな」と。その建物、というか事務所のようでしたが、表札はなく、大きく「〇〇組」と書かれていました。

これが表札なのかと。私は建設会社か、まさかまさかヤクザ屋さんのお住まいですかとも聞けず、茫然としていました。不動産屋さんに助言されたことはこのことでした。近所にヤクザ屋さんの事務所があるから、気をつけて行動して下さいということだったのです。もう遅いよ、不動産屋さん、もっと詳しく説明してよねと恨みました。真剣に聞いていなかった私が悪いのにね。これから私と海ちゃんはどうなるのだろう……。

大阪湾が近いから一人と一匹は沈められるのだろうか、絶体絶命の私達でした。

B男さんに建物の中に入るように言われ、逃げようかとも思いましたが、身体が動かずB男さんの後ろについて行くと、玄関らしき所に大きな松の木と、高そうな金屏風が目に飛び込んできました。やはり、ここはヤクザ屋さんのアジトか、いえ失礼、お住まいと確信しました。

大広間の畳の部屋に連れて行かれ、待つように言われた私は、あたりをきょろきょろ見回していました。とうとうヤクザ屋さんの事務所に足を踏み入れてしまったのか、禁断の所ではないのか、どなたか助けて下さい。誰もいるはずもありませんが、心の中でムンクの叫びのようになっていました。

五分ほどしてB男さんが、大柄な男性の後ろについて部屋に入ってきました。私は無宗教ですが、心の中で念仏を「南無阿弥陀仏」と唱えていました。人生で二度目の、生きた心地がしない出来事でした。

その男性こそがM男さんでした。そして私は、M男さんに畳の上に座るように言われました。海ちゃんは廊下につながれ、何かモクモク食べていました。海ちゃん、毒が入っているかもしれないからやめてと叫びたかったのですが、できるはずもありません。随分後になって知らされたことですが、海ちゃんが食べていたのは、ドッグフードでした。ありがとうございました、ヤクザ屋さん。

そしてM男さんに、「ねえちゃん、あの植木鉢は命から三番目に大事にしているものだ、どうしてくれるんだ」と、言われてにらまれました。その言葉を聞いて、命から二番目に大事にしているものは、何なんだろうと思いました。命がどうなるかわからない状況にもかかわらず、そんなことを考えた私はお気楽ですよね。全く自分でも情けないです。私は、けじめをつけるために、自分の指をつめて下さいとも言えませんでした。みなさんならどうしますか？

私が、答えることができずにいると、M男さんはこう言いました。「俺達は、極道と呼ばれているが、民間の人には手をあげない。それが、長年組を守ってきた頭《かしら》の務めだ」と。そうなんだ、ヤクザ屋さんの誇り、プライドだと思いました。そのことを聞いた私は、助かるかもしれないと安心したのもつかの間で、「そうかと言って、このまま帰すわけにもいかない」と、M男さんから名前、住所、職業を聞かれました。現在なら個人情報だから、言えませんで通るのでしょうが、当時はまさかそんなことは言えませんよね。私は正直に答えました。私が、仕事は看護師ですと答えた次の瞬間、とても恐ろしい言葉がM男さんから返ってきました。

「ねえちゃん、うちで働いてもらうか」と。私は目の前が真っ暗になりました。仕事といったら水商売しか思いつきませんでした。すぐさま、「私は美人でもないし水商売の経験もありません」と、言いました。

するとM男さんからとんでもない提案が出されたのです。「違うわい、ねえちゃん看護師ならここに来て俺の食事管理をしてくれ」と。えっー、ヤクザ屋さんの食事管理！頭の中でメリーゴーラウンドがいきおいよく回り始めました。どう返事すればよいのかわかりませんでしたが、出た言葉が、「私でいいんですか」でした。なぜかこの言葉が出たのでした。いいも悪いもみなさんならどう答えますか？

泣いて謝罪しても許してもらえるわけもないと思っていたところ、M男さんは私が承諾したと思ったのか、自分の身体について話し始めました。糖尿病と高血圧でかなり重症で、このままだと腎臓も悪くなり、透析治療になるかもしれないと医師から言われているとのことでした。ヤクザ屋さんが、透析治療か、でも人間だから病気にもなりますよね。ここで同情している場合ではない私なのに。

隣で話を聞いていたB男さんが、その話を聞いて泣いていました。ヤクザ屋さんが泣いている姿を見た私は、今まではりつめていた心の中の氷が、一気に溶けていきました。ここから肝が据わったというか、私の出番だとさえ思いました。実に能天気で浅はかな私でした。いつもの悪い癖なのか、いいように言うと心優しい白衣の天使が舞い降りたのです。

　話は進み、二週間に一回、本来の私の仕事が休みの日に事務所（組とは言えないので事務所と呼ばせて頂きます）を訪れて、M男さんの食事内容を見て血圧を測ることになりました。今なら訪問看護などと呼びますが、今回の場合は何と呼んだらよいのでしょうか。組事務所に出入りするとは、どういうことでしょうか。

　そして、ジャーン、ヤクザ屋さんと契約成立になったのです。私は、それで私の命が助かるなら、仕方がないと思いなおし、「給料は頂かないので、その代わりにお茶と美味しい和菓子をお願いします」と、厚かましいというか、恐ろしいお願いをM男さんにしました。お金を頂くと、後で借金になると考えたのです。単純な話です。作り笑いをするの

も忘れることなく。その時、M男さんが初めて笑いました。「ねえちゃん、度胸あるな」と。

ところで、M男さんには、ねえさんや奥さんはいないのだろうかと思いました。M男さんの指をよく見ると、結婚指輪だと思っていたものは、「もんもんちゃん」でした。関西では、刺青のことをこう呼んでいました。謂われは知りませんが。いくら厚かましい私でも最後まで尋ねることはできませんでした。

M男さんの食事はどこかのお店から、毎日届けられるとB男さんから聞きました。きっと毎日ご馳走を食べていたんだろうなあ、だからこのような病気になったのかと、私なりに診断しました。

そうこうしていると、部屋に数人の男性が入ってきました。縞模様のスーツに頭は角刈り、どう見ても当時の極道ファッションですよね。会社員には見えません。今はって？　わかりません。

お兄様方は、「頭、今もどりました」と言って深々と頭を下げていました。そして、M男さんは、私を今度来ることになったねえちゃんだと紹介してくれました。慣れとは恐ろしいもので、私はだんだん「ねえさん」「ねえちゃん」と呼ばれることに違和感がなくなっており、むしろ心地良さを感じるようにもなっていました。いよいよ私も極道の仲間入りでしょうか。私はこの状況に酔いしれていたのでした。

次に事務所に来る日時を書いたメモを渡され、私と海ちゃんは、裏口から出て行きました。良かった、玄関からではなくて。もし知り合いに見られると大変なことになりますよね。

私は、夢を見ていたのでしょうか、とんでもない夢を。しかし、現実でした。海ちゃんに尋ねたところで、返事があるはずもないので、早々に足早に自宅に帰り、コップ一杯のお水を飲んで今日のいきさつを冷静に考えてみることにしました。ヤクザ屋さんの事務所に連れて行かれ、でも、命は助かった。そして、頭であるM男さんと仕事の契約をした。誰にも相談せずに決めてしまった。どうしよう、急に不安と恐怖がおそってきました。しかし、あの場面で帰って考えて来ますと言えただろうか？

警察署に相談することも考えましたが、M男さんは、ヤクザ屋さんだけれど病気を持っていて、見捨てるのも心苦しい。いつまで通い続けることになるのだろう。そうだ、仕事ではなく、ボランティアと思えばいいんだと、またまた浅はかな考えの私でした。

罪を犯しているわけでもないし、仕事が休みの日のボランティア活動だから大丈夫と自分に言い聞かせ、とりあえず、食事療法について再度勉強したのでした。

そして事務所に行く初回の訪問日がやってきました。朝から落ち着かない私でしたがもう後には引けません。すると突然、電話がかかってきました。またその電話が運悪くというか、何か察したのかA子さんからでした。勘のするどい人でしたから。A子さんは大阪からこちらへ遊びに行きたいとのことでした。よりにもよって、どうして今日なのよA子さん！　まさか今からヤクザ屋さんの事務所に行くとも言えず、とっさに考えた言い訳は、慈善事業でボランティアに出かけるので都合が悪いと、またまた嘘をついてしまいました。ごめんなさい。すると、A子さんは、自分も一緒に行きたいと言うではありませんか！　冗談ではありません。A子さんを一緒に連れて行ける所ではありません。私は、こう答えました。ごめんなさいね、もう人数が締め切られて追加できないと。電話の向こうで疑いの目をしているA子さんの顔が浮かびましたが、嘘を通しました。後日改めて会う約束をしたのですが、会った時には根ほり葉ほり聞かれるでしょう。しかし、今はその時のことはその時に考えることにして、打ち消しました。事務所に行く時間がせまっており、絶対に遅れることはできないと気を引き締めました。このような状況において気を引き締めるとは、おかしな話ですが。

M男さんの事務所は、自宅から徒歩で十分程度の所に大きく目立って建っていました。いつもの商店街を抜けてスナックや居酒屋が立ち並ぶ通りの一角にあり、夜はネオンギラギラでよっぱらいのおじさん、自動販売機の下を探っているホームレスの方、綺麗なキラキラ光るスパンコールのついた洋服を着て歩いているお姉さんを見かけますが、昼間は全く違う世界の街になり、静かで人通りが少なくなる場所でした。なので、私は周囲を気にすることなく事務所に向かうことができました。私は、ペットショップを見かけ、あのペットショップで海ちゃんのドッグフードを買ってくれたのねと思いながら、指定された事務所の裏口に来ていました。

どこかで、見張られていたかのように、B男さんが出てきて「ねえちゃん入りな」と言われました。B男さんは、ドアを閉める時に周りを見渡してこう言いました。「くせでな、こんな世界にいると用心に用心を重ねんとあかんのや」と。いやいや私を巻き添えにしないでねと、心の中でつぶやきました。

こうして私はB男さんに連れられて事務所の奥にあるM男さんの部屋に通されました。まさか、まさか、M男さんと二人きりでドアに鍵かけられないよねと、恐怖が押し寄せてきましたが、B男さんは、M男さんのベッドの足元の椅子に腰かけていました。

とりあえず安心したのでした。

M男さんの血圧を測ると高い値でした。具合を聞いている私は、看護師にもどっていました。毎日の食事内容は、しっかり記録されていましたが、まあとにかく、メニューは、お肉にお魚などなど、豪華と言ったらありません。毎日これほどの料理を食べていたら、身体の具合が悪くなっても仕方ないと思い、私はM男さんに、「ご馳走は時折食べるからいいんです」と言いました。

私は、ヤクザ屋さんに説教しているのですか、なんということですかね。そして私は、薬は忘れずに飲むことと、食事はメニューの中から食べてよい物と控えた方がよい物を説明しました。あとは飲酒です。部屋には、たくさんの高価なお酒が並んでいました。私は一日の飲酒量を決めさせて頂きました。

ベッドの横の壁には、可愛い女の人の写真が数枚ありました。それが妹さんの写真だったと後で知ることになります。

すごい、私って今、ヤクザ屋さんに上から目線? M男さんは、静かに話を聞いてくれていましたが、ふと、「若い時は、無茶な飲み方はしなかったのに」と言って、寂しそうな顔をしていました。私は、どこの世界も管理職になるといろいろ苦労があるんだな

あと、妙に同情していました。

病院では、患者様の悩みを聞くことも仕事なのですが、いくらなんでもヤクザ屋さんの悩みを聞く勇気はありませんでした。ごめんなさい、M男さん。

ボランティア活動を終えた私は、M男さんの部屋の隣に案内されました。八帖ほどの部屋で高そうな壺が置いてあり、壁には懐かしい般若のお面が掛けられていました。

ヤクザ屋さんは般若を好むんだ。あれほど恐ろしい顔なのに、どうして般若が好きなのか、理由がどうしても知りたくなり、勇気を出してB男さんに尋ねました。

B男さんは、般若は、守り神だと教えてくれました。ヤクザ屋さんも誰かに守って欲しいんですね。知れば徳なりです。美味しくお茶と和菓子を頂き、次の訪問日を聞いて、裏口から出て行きました。肝が据わっている私でした。

こうして初日は、無事に終わりました。今日のことを誰かに聞いて欲しい気持ちもありましたが言えるわけがありません。ふと、思いました。もし、私の職業が看護師でなかったら、私の運命はどうなっていたのでしょうか。みなさんなら、どう思いますか？急に恐ろしくなってきたので、考えないようにしようと自分に言い聞かせました。いつまで、ヤクザ屋さんの事務所に通うことになるのだろう。先の見えない不安もありましたが、良いことをしているのだから大丈夫と、再度自分に言い聞かせたのでした。

こうして、ヤクザ屋さんの事務所に通うようになり、二か月が過ぎていきました。

もちろん、両親や友人にも話してはいませんでした。これは、墓場まで持っていくしかないと心に決めました。本当にあるんですね、墓場まで持っていくことが。

M男さんは、私が指導したことは、しっかり守ってくれていました。私とM男さんとの間に信頼関係ができてきたと、単純極まりなく満足していたことも事実です。M男さんは、医師に検査値も改善してきたので驚かれ、理由を聞かれたそうです。M男さんは心を入れ替えたと答えたそうです。その時に、この職業からも心を入れ替えて廃業できないのかと聞かれたそうですが、「若い者の面倒もみている、まして、自分で三代目だから組を守っていかないといけない」と断言したと、本人から聞きました。しかし、M男さんには、後継ぎがいるのだろうか？　まして子供は？　私が心配することではありませんが、こうしてヤクザ屋さんの事務所に出入りしている私としては、なんだか他人事とは思えませんでした。もっと大変なことも考えていました。もし、M男さんから、人生二回目のプロポーズをされ、ねえさんになってくれと言われたらどうしようと。えっー、私、極道の道に迷い込んでしまった？　と、またまた極道の妻になることを心配していたのです。でも、もう少し若い人の方がいいな、とも思いました。馬鹿な考えを持っていますよね。みなさん、この後の展開は、どうなると思いますか？

思いもかけない展開の幕開けです。私はB男さんをはじめ、他のお兄様とも話すようになりました。事務所から帰る時には、「ねえちゃん、気をつけて帰りなよ、このあたりには他にもたちの悪い事務所があるでな」と、気づかってくれる言葉をかけてくれるようになりました。この事務所では、私は命が守られているのかと感謝する思いでした。この事務所は安全な所だと思ったのでしょうか、本当に慣れとは、恐ろしいものです。とうとう私もこの事務所（組）の仲間入りでしょうか。一人暮らしの寂しさもあり、ヤクザ屋さんの優しい言葉が身にしみました。そして、これからがますます急展開の始まりです。

その日はいつものように訪問日でした。事務所近くまで来た時でした。なんだかいつもと違う空気を感じた私でした。お兄様達が足早に事務所の玄関から出たり入ったりしていると思ったその時です。中から、「早く持って逃げろ、渡すな」と怒号が聞こえてきました。B男さんが私を見かけると、私に向かって「早く帰りな」と、大きな声で叫びました。とんでもないことが起こっていると感じた私は早く逃げないと危ない！　と思い、震える身体を必死で抑えて走りました。後はよく覚えていませんが、とにかく走って走って自宅に向かいました。なんで私が逃げてるのよ、何も悪いことはしていないよと、心の中で叫びながら途中で泣きそうになりました。自宅に着いた私はカーテンを閉め、ドアの鍵をロックしてベッドにもぐりこみました。とてつもない恐怖が押し寄せてきて押しつぶされそうになりました。

それから、どれくらい時間が経ったのでしょうか。海ちゃんが、顔をペロペロ舐めてきたので目が覚めました。私は、眠っていたのですね。それから、おそるおそるカーテンを開けるとあたりはうす暗くなっていました。私はまたベッドにもぐりこみました。身体が震えていました。とにかく恐怖でした。テレビをつけてみようかとも思いましたが、勇気が出ませんでした。ただじっとしていることしかできませんでした。誰かに話すことができれば、少しは落ち着いたかもしれませんが、誰にもヤクザ屋さんの事務所に通っているとは、言っていなかったので、その時に初めて後悔しました。でも誰にでも話せることではなかったので、後悔してもどうしようもありませんでした。

それから何日か過ぎ、二週間ほど経つと、私も平静をとりもどしていきました。

そしてまた、職場と自宅を往復する毎日にもどりました。事務所の近くにも行くことはありませんでした。しかし、事務所やM男さんのことを全く忘れたわけではありません。昼間なら事務所に訪ねて行っても大丈夫ではないか、でも、何のために、何の理由で来たのかと尋ねられても答えられません。そしてまた一週間が過ぎ、私はやっぱり、事務所に行ってみようと思いました。本当に馬鹿な私です。みなさんならもう関わらないですよね。そうだと思います。もし、訪ねて行って事件の巻き添えになったらどうするのかとも思いましたが。

両親が、いつも人と接する時は笑っていなさいと言っていたこと、もう一つ、自分が関わってトラブルになった時に、自分だけ逃げるようなことは絶対にしないように、ということを言っていました。特に父親からは、強く言われていました。しかし、今回の場合は、ヤクザ屋さんが関係していることだから、やはり私としても考えましたが、とにかく、じっとしていられなかったのでした。今思えば、私も若かったというか、怖いもの知らずというか、本当に浅はかだったと思います。みなさんなら、絶対に関わらないですよね。後日、休みの日についに、昼間なら大丈夫だろうと事務所に行く決意をしました。何の根拠もありません。玄関からは入ったことがありませんでした。当たり前ですよね。一般市民の女性が、ヤクザ屋さんの事務所に出入りしている様子を見ればどう思われるか……。

いつものように、裏口のあたりをウロウロと十五分ほど行ったり来たりしていると、どこからか見ていたのかB男さんが、出て来ました。

開口一番に、「ねえちゃん、来ると思ったで」と。

えっー、私を待っていてくれたのかと、妙に嬉しさがこみ上げてきました。完全に私は、ヤクザ屋さんに情が入ってしまっていました。中へ入るように言われ、いつも美味しいお茶を頂いていた八帖の部屋に通されました。いつもより、静かでしたが、数人のお兄様の姿があり、「来たなねえちゃん」と声をかけられたので、「こんにちは」と挨拶して入りました。嬉しさと、懐かしい気持ちがこみ上げてきた私でした。

やはり、M男さんはいないのかときょろきょろしていると、この後、B男さんから、とんでもない依頼をされることになるのです。しかし、プロポーズではありませんのでがっかりしないで下さい。本当に予想外の展開です。

頭が警察署から移送されたのでここに面会に行ってくれと、メモを渡されました。見てびっくりで、目が飛び出るかと思うくらいでした。ここは、拘置所ではないですか？

どうして私なんだよと、またまた恐怖です。でも、B男さんと二人きりのこの状況で、嫌ですとは、とても言えませんでした。そして突然私の目に飛び込んできた物は、壁に掛けられた般若のお面の下に飾られていた、これまた立派な日本刀でした。本物ですかとも聞けず、ここで、面会に行くことを断ったらB男さんに殺されるかもしれないと思い、悩みました。B男さんは、返事を待っていました。もう、ここまで来たら行くしかないと決心したのでした。

そこで、私はB男さんにこれだけは聞いておきたいと思い、「どうして、私なんでしょうか?」と聞いてみました。

すると、B男さんが、「俺達の立場だと簡単に面会できない。ねえちゃんなら、一般の人だから大丈夫だから頭に会って来てほしい」と。

そうだ、私は極道でもヤクザ屋さんでもなく一般の人だということを忘れていました。だからといって普通は行かないですよね。もう一つ教えて欲しいと言って聞きました。「M男さんはどうして穏やかで優しいのですか」と。するとB男さんは、話してくれました。「俺は、田舎が嫌で家出てきた。でも、金はないし、行くあてもなく、いろいろ悪戯《あくぎ》なことをやっていた。かつあげ、万引き、ついには、強盗まがいなことも。だから公共機関にも随分世話になった」と。ここでの公共機関とは、みなさんがよくご存じの警察署。そして少年院にもお世話になったとのことです。いいような表現ですが社会的にはどうですかね。私はヤクザ屋さんの身の上話を聞いているのかなと思いました。すごいことですよね。

B男さんは、話を続けました。「M男さんと出会い、まともな極道になれと言われた。まとも？　今こうやって世話になっているのだから頭は俺の父親みたいな人だ。だから頭のためなら何だってやる」と、力強く話しました。私は、きっとここがB男さんの居場所なんだと思いました。そして、M男さんの本当に悲しい話もしてくれました。M男さんには、たった一人の肉親である、とても可愛がっていた妹さんがいたそうです。しかし、M男さんが極道のため、随分と世間の冷たい風にさらされていたと。でも、妹さんはM男さんと歳が離れていたこともあり、文句も言わずM男さんを慕っていましたが、ある日突然、手紙一枚を残して不幸な最期を迎えてしまったと。死んだのですかとは聞けませんでしたが、現在、妹さんの姿を見ないところをみると、そうなんだと思いました。M男さんはとても悲しみ、それ以来笑うこともなく、口数も少なくなっていったそうです。ですよね。

「でも、M男さんは私には優しい目でした」と私が言うと、B男さんは、「植木鉢の事件の時、俺は店で働いてもらったらどうですかと言ったが、頭はダメだ！　と言った。ねえちゃんは、怖いのに泣き言も言わずにこの事務所に入ってきて俺の話を聞いていた。妹を思い出した」と。私は心の中で、B男さん、あんたが頭でなくてよかったよ、やっぱり、管理職につく人は違うよねと、上から目線でした。私がここに来る日はいろいろな店から菓子を取り寄せてくれていたことも嬉しかったです。妹さんも和菓子が好きだったこともあり、M男さんの心に響いたんだと思います。

B男さんの話を聞いて、私はM男さんに面会に行く気持ちが固まったのでした。私が行くしかないでしょう、みなさんそう思いませんか！　B男さんから場所と面会時に持って行く物を書いたメモを渡され、事務所を後にしました。

これが、B男さんと最後の別れでした。そうなるとは、その時は思いもしませんでした。

自宅に帰った私は、拘置所に行った経験のある人なんて私の周りにはいないし、誰にも話せないよねと、一人つぶやいていたのでした。もし、私が行かなかったら誰か他に面会に行ける人はいるのだろうかと心配もしたのです。この時には、私はもうすっかり組、ヤクザ屋さんの仲間という意識でした。そして、またまた一人よがりな錯覚というか、どう表現すべきか、M男さんが私を待っているとさえ思っていたのでした。M男さんは、私にとっても頭？　になっていたのかもしれませんね。興味本位もあったのではと聞かれると、全く否定もできないということも事実、ありました。

そして、拘置所に面会に行く日が訪れたのです。四月中旬頃だったと記憶しています。

当日、全国的に桜が満開で散り始めている所もあるという朝のニュースを見ながら、今日はいい天気だなあと窓から空を見上げていました。相変わらず工場の煙突からは、モクモクと煙が出ていました。出かける時に海ちゃんに、M男さんに会ってくるねと声をかけました。まさかよろしくと言ってくれるはずもないですが。とにかく誰かに伝えたかったのでした。

拘置所の最寄りの駅は、B男さんから教えてもらっていましたが、駅からの道順は、途中で通りすがりの人に聞くしかありませんでした。でも、誰にでも聞けるわけではないよねと思いながら、自宅を出ました。

道順の不安は、すぐに解消されました。最寄りの駅を降りるとすぐに、交番があり、おまわりさんが「この道をまっすぐに歩いて行くと大きな建物が見えるからすぐにわかりますよ」と、親切に教えてくれました。この交番で一体どれくらいの人達が、私と同じことを聞いていたのだろうかと思いながら、お礼を言って交番を後にしました。誰に面会に行くのかとかいろいろ尋ねられなかったのでほっとしました。

私は川のほとりを歩いていました。両岸の満開の桜が、いえ、散り始めた桜が本当に綺麗でした。M男さんをはじめ、私が今から訪れる宿泊施設にいる人達もこんなまっすぐな道を歩んでいればよかったのにと、悲しく切なくなりました。面会時に持って行く物は、お茶、スリッパ、お箸でした。食べ物は、ダメでした。そして、持って行く物は、コンビニやスーパーでは購入できず、この川のほとりにある差し入れ屋という、何の飾り気もないお店で購入しなければ持って入れないと、B男さんから教えてもらっていました。そのお店では、誰に面会するのか、そして自分の名前も記入しないといけません。

本当に世間から離れた世界に行くのだと私は思いました。愛想がないお店の奥さんから購入した物を手渡してもらい、また歩き始めました。まあ愛想よくされても行く場所が場所ですからその方が気が楽でした。

こうして、拘置所の入り口に着くとまず、自分の名前を書いて持ち物検査を受け、金

属類に反応すると言われている探知機のような機械を全身に当てられました。そして身体チェックを受けます。

私は女性なので、女性の職員の方が身体チェックを服の上からですが行い、異常がなければようやく入ることができます。ここまで、十五分程度かかりました。

入り口から中に入ると、とても広い待合室のようになっており、たくさんの長椅子が並んでいました。受付で再度、自分の名前と面会する人の名前を書きます。続柄はどう書けばよいか迷いました。私は組の人でもないし、ねえさんでもないし、身内でもないし、迷った末に結局知人と書きました。そして、番号札が渡され、面会できる時間が来たら番号で呼ばれると説明されました。それまで、待ちます。もちろん外に出ることもできません。テレビもありません。そして、私は待つしかないなあと思いながらあたりを見回すと、驚きました。長椅子に座っている人達です。ここはどこ？　みなさん誰の面会に来ているんだろうと周りをキョロキョロしていると、牧師さん、お寺の住職さん、車椅子を押している老夫婦、金髪でピアスをたくさんつけている女の子、難しそうな本を読んでいる学校の先生？　綺麗な洋服を着て髪の毛を大きくカールしているお姉さん達がいて、ここは何の集会場かと思いました。私だって他の人から見ればどう思われているかわかりませんよね。しかし、これだけ人がいても、待合室は、話す人もなく、静まり返っていました。そんな観察をしていた私の隣に座っていた、派手なピンクのワンピースを着て香水の匂いがぷんぷんしているお姉さんが、バッグの中から、これも当時流行していたシャネルの五番の香水を出したかと思うと、男性用のジャケットにいきおいよく振りかけ始めました。まあ、良い香りを超えてきついといったらありません。

私は、いけない！　と思ったのですが、我慢できずに思わず身体をのけぞらしてしまいました。

すると、お姉さんは「ごめんなさいね、うちの人今日出てくるんだけど、この香水ふらないと気に入らないのよ」と微笑んで話しました。

どんな人が、どんな悪いことをしてこの場所に宿泊しているのだろう。M男さんは、どんな悪いことをしたのだろう。ヤクザ屋さんは極道だから、きっと私達には想像もつかないことなんだろうと思いました。ここに来る前にB男さんに、M男さんは、どんなことで入ってしまったのかと尋ねましたが、「ねえちゃんは、知らなくていい」と言われたので、それ以上は尋ねませんでした。

待つこと一時間半、ようやく、私の番号が呼ばれたので、受付に行くと、面会する人の名前が一文字間違って書いてあったので、今日は面会できませんと、告げられたのでした。

嘘でしょう！　私が訂正印を押しますから、と言っても今日はダメです、出直して下さいと。普段、M男さんの名前なんて書くこともないから、私は間違ってしまいました。ここでねばっても、無理だとあきらめ、帰るしかありませんでした。厳しい世界だと痛感したのでした。幸いにも休みが連休だったので翌日に出直すことにして、拘置所を本当に恨めしく思いながら後にしました。そしてその日の夜、自宅で今度は名前を間違わないようにと、何度も練習したのでした。

翌日、同じ手続きをして、名前も間違えることなく面会できる時が来ました。私の番号が呼ばれて暗い廊下を通って指定された部屋で待っていると、M男さんが入ってきました。私とM男さんの間にはプラスチックのしきりがあり、テレビで見たことがある場面と同じでした。M男さんの後ろには、私達の会話を記録しているのでしょうか、黙って何か書いている職員の人がいました。

M男さんが、「ねえちゃんよく来てくれたな」と、嬉しそうに目を細めていました。私はその顔を見て、ほっとして嬉しかったです。M男さんは、少し痩せたように思いましたが、こんな場面の時はどんな会話をしてよいのかわからなかったので、たわいもない話をしたと思います。内容は思い出せません。

十分間の短い面会時間だったので、持ってきた物を説明して手渡し、「また来ますね」と言い、部屋を出ました。寂しい面会です。その後三回面会に行き、そしてその日がやってきました。私は、面会に行く日を心待ちにしていたかもしれません。

M男さんに、「ねえちゃん、もう来なくていいから、組には俺が話しておく。組にももう行くな」と告げられました。私は、ショックでした。どうして？　でも、そうですよね。私は組の人間でもないし、身内でもないのだから。

後になってから、M男さんの優しさだったのかと思いました。「はい、わかりました」としか答えられずにいると、M男さんが「ねえちゃん、怖い思いさせて悪かったな、でも、俺は穏やかな日を過ごせた。ありがとうな」と。そして少し大きな声で「ねえちゃん、長生きしろよ」と一言。ヤクザ屋さんから長生きしろと言われた人がどれくらいいるのでしょうか。

きっとこの言葉は、最愛の妹さんを思い出したのだと思いました。

こうして、私がM男さんと出会ってからの五か月あまりの日々は終わりを迎えました。

帰りの電車の中で、私はこの五か月間は、現実から遠く離れた所に行っていたのかもと思いました。もう、M男さん、B男さん、片手しかないお兄さん、片目しかないお兄さん、両手の小指がないお兄さん達には会えないんだ。そう思うと涙が溢れていました。

みなさん、この涙はどんな涙だと思いますか？

それから、しばらくして私はご縁があり、関西を離れ遠くへ嫁ぎました。それから長い年月が過ぎましたが、一度も組（事務所）があった街を訪れることはありませんでした。もう一度会いたいですかと聞かれたら、私は会いたいです。しかし二度とその願いが叶うことはありません。今でもあの街であの事務所は存在しているのだろうかと思うことはあります。誰も経験したことがないような出来事だと思いますが、私は今、幸せに生活できています。生涯忘れられない大切な記憶、思い出として心に残していきたいです。宝物です。

一期一会の人々へ、幸あれ！　そしてありがとうございました。

あとがき

『ヤクザ屋さんと看護師の私』というタイトルからは、読者のみなさんは患者様と看護師という関係で、入院中または、病院の中での出来事だと思われることでしょう。しかし、私はみなさんを全く予想外の世界へとお連れすることになります。一般人の私が世間とはかけ離れた世界で生きている人達と関係していく話であり、その職業がヤクザ屋さんです。恐怖もあれば人情味を感じて頂ける話であると思っています。私自身が実際に体験した出来事ですが、もし読者のみなさんが私の立場だったらどうしただろうと、自分に置き換えて読んで頂けると、登場する人達の思いが伝わるのではないでしょうか。

今から二十年以上前の出来事ですが、当時私の住んでいた街は、環境に恵まれていない街だとよく言われていました。ですが、その地域には人情味を感じられる人々が多かったのです。買い物に行くとおまけだと言って、一人暮らしの私に総菜をつけてくれたり、お店が開店前なのに快く対応してくれたり、気をつけて帰るようにと声もかけてくれる優しい街でした。私が知り合ったヤクザ屋さんも情が深く義理がたい人達だったと思います。ただ、悲しいことですが、そうでもない方々もいたことは、否定できません。私が交流したヤクザ屋さんは決して、私にぞんざいな態度ではなかったため、いつまでも、心の中で記憶に残っているのです。

そして、私に残してくれたことがあるのです。世間からは、かけ離れた世界にいても、人を大切に想うという気持ち、人に優しくされるということがどれだけ尊いことであるのか、改めて教えてくれました。私はヤクザ屋さんの全てを肯定しているわけではありませんが、ヤクザ屋さんは彼らが選んだ道であり、宿命でもあり、また生きていく世界だということを必ずしも否定することもできないように思います。そんな私の体験でした。

読者のみなさん、最後まで読んで頂いた後に、どこか暖かい春を感じる気持ちになってくれていることを願いたいです。

最後に、この本の出版にあたり多大なご尽力を頂いた文芸社のみなさまに心より感謝申し上げます。

宮中 さくら

著者プロフィール

宮中　さくら（みやなか　さくら）

1963年生まれ
兵庫県出身、長野県長野市在住
看護専門学校卒業
大学病院、総合病院勤務

イラスト／やまもと　いつこ

ヤクザ屋さんと看護師の私

2025年４月15日　初版第１刷発行

著　者　宮中　さくら
発行者　瓜谷　綱延
発行所　株式会社文芸社
〒160-0022　東京都新宿区新宿1－10－1
電話　03-5369-3060（代表）
03-5369-2299（販売）

印刷所　TOPPANクロレ株式会社

ISBN978-4-286-26386-1